KB231047

생 마음

김복희

생 마음

김복희

PIN
057

남은 마음은 왜 이렇게 이상하고 아름다운지?

2026년 2월
김복희

차례

4부

PIN

057

생 마음

김복희

시

1부

도깨비는 쳐다볼수록 커 보인다

잘못했으면 잘못했다고 말해
여덟 살의 나는 잘못하지 않았으므로 잘못했다
고 말하지 않는다

도깨비는 동물일까요 귀신일까요
여덟 살의 나는 거기에 누군가의 이름을 적었다

그 이름 이제 내 것 아니지만
어두워지도록 복도에 무릎을 꿇고 앉아
도깨비를 훔쳐보았다

이름 붙은 것이
나보다 늦게 집에 갔을 것이다

하느님 부처님 외로운 선생님

사람이 되게 해달라고 찾아오는 것들
있답니다

밥 먹고 바로 누워 소 된 것들
처럼 쉽게 되는 거 아니냐고요?

소도 뚝딱 되는 것은 아닌 거 아시는지
사람 되는 거나 소 되는 거나 힘들다고 백날 천
날 말해도
듣질 않네요

돌 쌓고 물 떠 오고
없는 손금 닳도록 빌고 빌고
없는 이마 짓찧도록 박고 처박고

그러면 마음 약한 내가 어떡하겠어요
독한 마음 먹고

사람 되겠다는 것들
자기소개서를 받아볼까요

하지만 글 모르고
눈 안 보이고
귀 안 들리는
것들
어떻게 알고 와서 사람을 가리키는데요……
제가 알아서 알아야지요

지렁이 굼벵이 세균 해파리
소부터 만든 다음 사람 만들어주려고

오너라 오너라 하지요

사람들 손에 달렸다
너희 손에 달린 게 아니야
(너희 손 없잖아)
한 소리 하고요

없는 마음 있듯이
있는 듯이 만들어줘야지요

온갖 괴로움 다 당하고 괴로움인 줄 모르고
지나다가 문득 누워 다시 일어나지 않으면
돼요
이루어진 거예요
사람 되셨어요

가을바람의 새털

긴 시간 기다려왔습니다
이 순간만을 기다려왔다는 인사를 듣습니다

긴 시간이란 얼마나 아름다운가요
순간을 팽팽하게 당기는

이국의 새들
똥을 싸놓고 날아갔어요
이국의 새들이
먹는 것이 이국의 내장을 지나 여기 여기 있어요

입속에 새를 가둔 사람
이국의 새를
키우는 사람

도심 한복판의 새들에게는
어쩐지 감동을 주는 구석이 있습니다

더운 나라에서 추운 나라에서
이 계절을 모르는 나라에서
이 비를 모르는 나라에서
낯선 것을 먹는 나라에서

저는 입속을 들여다보고
오래 기다리셨습니다 키우실 건가요? 계속?
묻고

키우겠다는 사람들에게는 새를 위한 체조를
키우지 않겠다는 사람들에게는 식이요법을
알려줄 도서 목록을 추천합니다

이국의 새가 머무는 사람들
새로부터 먼 곳을 보는
긴장 심한 사람들

힘드시더라도 몸을 움직이셔야 해요 이국의 새
는 잘 죽습니다
삼키시지 않도록 주의하시고요

이국의 새들 이국의 새로 자라온
사람들이 제게 옵니다
가끔은 죽은 새를 볼 때도 있습니다
삼켰을지도 모르니까
기다려보자고 말합니다

이국의 새는 간혹 살아나기도 한다는

옛 기록을 떠올리며

두더지 땅굴 파듯

혼자 있을 수 없는 마음에게 물었다
작고 어려져줄 수 있는지

혼자 있기 싫은 마음은 말했다
나 지금 먹고 치우고
스스로 샤워하고 온몸에 힘까지 빼고 누웠는데
나보고 뭔가 더 하라니?

나는 죽고 싶은 마음에 눌려 답했다
더 작아질 순 없는지 더 어려져서
먹고 치우고 뭐고
자리를 너무 차지하는 것 같으니
좀 노력해줄 수 있는지
아무튼…… 안 되겠는지?

아 이 마음은 등을 돌리고 누워

나를 안아주지 않고

거의 나에게 안긴 듯

나를 재우려고 한다

엄지공주가 두더지와 결혼식 준비하던 일에 대

해

어떻게 생각하느냐고

두더지라면

넓이가 아니라 깊이 돌아다니니

마음의 천재였을 거라고 두더지처럼 돌아다니면

된다고

두더지라니

한 번도 실제로 본 적 없는 생물

나는 마음에 빠져
다독여보았다
난 두더지가 아니야 아니야
부드럽게
넌 죽고 싶은 마음이 아니야 아니야 너는
그냥 마음이야

죽고 싶었던 마음이 가늘게 코를 골기 시작했다
얼마나 오래 내 곁에 있으려고 잠도 잘 자고
밥도 잘 먹는 건지 모르겠다

아 이 마음이 떠나주어야
하늘 일월 구름 바람
석불에게

청혼을 할 텐데 큰일이 아닐 수 없다

······벌써 아침이 왔나
어떤 마음이 나를 헤집고 있었다
무슨 의미가 있나 흙더미를 뒤치듯
등을 돌리고 웅크리는데
겁내지 마 속삭이는 소리가 들렸다
두더지가 틀림없었다

무겁게 비가 오는데
태양이 있다는 걸 믿을 수 없는 아침인데
두더지를 캐내 죽이려는 곡괭이가
푹푹
땅을 찍는데

쑥대머리

오래 남아 있는 머리칼은 먼지를 모은다
음악일까
음악으로 머리칼을 이해하고 싶다

영원히 썩지 않는 머리칼에
엉긴 먼지에
터지는 기침
이 지속은 음악일까

머리칼이
넘실댄다
파도에 물거품 없앨 수 없고
바람에 불티를 죽일 수 없고
머리칼에 파묻힌

어린
뿔을 올려다보며
올려다본다고 생각하며

영원히 썩지 않는 머리칼이 있다면
그것이 요요히
윤기가 난다면

음악은 들을 귀가 필요하지
머리를 삶으면 귀까지 익는다
그러면 안 되지
안 돼
머리칼을 이불 밖으로 내놓는다

잠든 사이 조용히 외출해

첩들을 죽이고
남편을 죽이고
자식을 죽이고

새침하게 돌아와 베개 맡을 지킨다는
가장 사랑하고 가장 무관한
비참하고 아름다운 종
기름을 먹여 향긋하게
다스리는

머리칼은 얼마나 힘이 센가
죽은 채로도
죽지 않고
산 채로
산 것 아닌

나의 무거운 뿔을 감추어주는

향기와 먼지를 거느리고
헌머리에 이 모이듯
어린 짐승들 다 재우는
어린 짐승의 심장 뛰는 소리
피 도는 소리
들으며 먼지를 다시 모으는
죽일 힘을 풀어헤쳐

목마른 송아지 우물 들여다보듯

엎드려서 물을 다 마시자
내 옛집이 나타나
나는 마루가 보이는 마당으로 들어갔다
엄마 아빠가 아기 하나를 안고 어르는데
빨간 얼굴로 악쓰며 울던
그 아이
여자가 되어 나를 바라보았다
이상하네 저 아이는 나였는데 저 여자는 내가 아
니다
나는 엄마 아빠에게 다가갔다
두 팔을 벌리고
저예요 제가 당신들 딸이에요
저 여자는 당신들 딸이 아니에요
엄마 아빠는 어리둥절한 늙은 얼굴로 그 여자를
등 뒤로 감춘다

누구세요 누군데 여기 있어요 신고할 거예요

마당이 일어나 나를 밀어낼 것 같다

그 여자보다 작은 엄마 아빠 겁에 질려 보인다

나요? 나는 당신들 딸인데

밤낮 울면서 집 주변을 울 밖을 맴돌다

고양이 멧돼지 고라니처럼 맴돌다

풀려난 송아지처럼 맴돌다

물 쏟아 그 물 따라

맴돌다

잠들어 깨어났다

모르는 여자와 남자가 우리 딸 왜 벌써 일어났느
냐고

목마르냐고 차가운 물 한 사발을 내밀었다

찰랑찰랑한 물 코 닿을 듯 들여다보았으나

묘하게 닿지 않는 것이었다

무엇 무엇

들판에 무엇 있어서 무엇 괴롭히고 있다

들판에 무엇 있을까? 들판에 무엇 있어서 무엇 지켜보고 있다

들판에 무엇? 있을까? 들판에 무엇에 감싼 것, 들판에 무엇에 관여하는 것, 들판에 무엇에 가까이 가까이에 무엇 무엇

귀신은 왜 나타나는가

언제부터 볼 수 있는가

들판에 무엇 있어서

들판 있었던 자리 건물 있어서

건물 있었던 자리 사람 있어서 사람 있었던 자리

느낌 있어서

무엇에 들판에 건물에

귀신에
기다리니 어른거리니
호랑이도 제 말 하면 온다니
귀신 귀신 말해보는데

사람에 건물에 들판에 무엇이 무엇을 흔드는 것
을 참다가
다른 말을 건넨다
들판에 무엇 있구나 무엇이라고밖엔 말 못 할
무엇 있구나

들판에 무엇 있어서 들판에 무엇에 삼싸인 것,
들판에 무엇에 가까운 것,
들판에 무엇에
나도 있다

무엇을 위해서

다른 무엇을 위해서

가다 멈춤

범 아이

아빠를 죽이고
엄마를 보내고
도토리 산밤 모으던

범 아이

엄마 만나기로 한 곳에서
발견된다 산밤 도토리 옆에 빼빼 마른 채

범 아이

아빠의 가죽 받고
엄마의 머리 받고

목소리는 제 것이던 아이

이 아이의 동무가 되어주자
아이를 주워 와 깨끗이 염한 다음
깊이 땅을 파고 묻어주는 거야
산밤과 도토리 맺히도록
돌봐주는 거야

하나 마나 한 말이구나
범 아이를 만나면
숨이나 쉴 수 있겠니

죽은 아이의 친구 되기란 얼마나 쉽니
범 아이는 아빠 엄마와 함께 밥상에 앉아본 적
없고

아빠의 뼈와
엄마의 뼈로
이루어진 메꽃 갯방풍 파드득나물
훑다가
물냉이 훑다가
산밤 도토리 줍다가

너 모르는 곳에서
너 아직도 안 가는 곳에서
메꽃 갯방풍 파드득나물
참개 쌀개 기름개
핥아먹는 범
아이

네가 아빠의 가죽과 엄마의 머리 가진 우정 없음

알고
있는 네가 앉은 밥상머리 멀리
가까이 다가와
있는

네 속
마른 산밤 도토리 굴려보는
죽은 친구

가죽을 남김

얼굴이 자꾸 당신에게로 흐른다
얼굴이 온통 당신에게로 느슨해진다
눈 코 입 귀가 다 저항하는데
아 그렇다면 흐르는 건 피부로군
가죽이로군
나지막하군
여기 있으면 누가 죽이기라도 하나
살려고 용을 쓰네 참나

나는 이것을 놓아주었다
죽지 말라고

당신의 눈 코 입 귀 위
그늘
심장 폐 허파

드리우려고
가는
가죽
온통 당신 앞에
아무것도 아닌 채
있으려고 가는

남은 것 있어
빛이 내리니 너무 아파서
손차양을 만든다
당신은 자꾸
손 좀 내려보라고 한다
오늘따라 볕이 부드럽다고
내 표정 좀 보자고

저 가죽은 돌아오지 않을 것이다

나는 손을 내린다

부처의 목

산더미처럼
쌓인 배추를 소금물에 담그며
내 머리통을 처박을까
허리 아래가 사라지는 것 같은
묵직함 속에서

배추를 나르는데
부처의 목이 들린 것이다
보살님 이거 배추 아닌 거 같아요
옆의 보살님은 울력에 여념이 없으시고
배추가 배추지요 만면에 웃음까지 띠신다
나는 허리를 펴고 스님을 찾는다
하지만 배추가 너무 많다
배추가 쌓인다

얼굴이 뭉개져 있지만 어깨 아래가 없지만
이것은 틀림없는 부처의 목이다
그냥 돌이 아니고 그냥 사람 상이 아니고
이 묵직함 이 차가움
삼도三道에 흐르는 소금물
부처가 아닐 리 없다

절인 배추는 금보다 무겁고 서로서로 가깝고
스님은 분주하시고
귀한 중생 드실 공양이다 생각하면
부처의 목 들어가는 게 이상하진 않다

역시 영험한 절이다 부처의 목 맛은 어떨까
고개를 내리는데 부처의 목이 사라졌다
홍길동이 왔나

합천 해인사 탈탈 털어먹듯
와서 집어 갔나

목마른 사람들은
여윈 개 볏섬을 뒤지듯 부처를 찾겠지만
나는 입을 꼭 다물고 배추를 옮긴다
스님이 오신다
보살님 이제 공양하시지요 하신다

배추를 다 건져 쌓았는데
어디서도 부처의 목을 봤단 소리가 없다

누가 누름돌로 골라뒀을지도
홍길동네 문간에 두려고 집어 갔을지도
하지만

부드러운 흙으로 만든 부처님

이라면

물에 녹아 배추에 다 스몄을 것이다

얼마나 부드러운 거슬림일까

한 입 한 입

쌀밥에 침 섞어 삼킬 수 있는

정말로 부처를 본뜬 부처라면

잡아먹히기

너에게 무엇을 줄까
떡 하나 줄까

네가 무엇을 먹을 수 있을까
갓 구운 돌떡 같은 것 말고

네모난 것
동그란 것
긴 것
짧은 것
흐물흐물한 것
단단한 것
줄까
가르면 쏟아지는
창자부터 뼈 살 가죽

나이 든 사람도 참 가진 것 많다

호랑이가 먹은 것을 쓰시오
독서 퀴즈에 나는 적었다

경량 패딩 쿠션 있는 운동화 시집올 때 해 온 자
개장롱
숟가락 젓가락 밥그릇 국그릇
오래전에 만든 아이들의 스웨터 목도리 장갑 양
말
해골 흙 미래……해골 흙 미래……해골 흙
미래……

호랑이가 머릿수건 하고

치마저고리 두르고
해님 달님 찾아갈 때

외로운 사람 병들어 어느샌가 눈에 보이지 않을
때

나는 호랑이가 먹어치운 것을 영원히 적을 수도
있을 것 같았다
해골 흙 미래……

더 자유롭게 더 유연하게 더 새롭게
더 나쁘게

해와 달은 잡아먹힌 사람을 찾아다닌다
쉬는 날이 없다

호랑이는 수수밭에 떨어져 과거가 되었는데

새 아이

어느 날 아이가 네게
와서 엄마엄마 부른다고 해봐
새 아이야
처음 본 아이

걔는 그런데 귀엽지도 않고
깨끗하지도 않고 너를 닮지도
않은 거

심지어
너는 남자인 거
너는 노인인 거야

불에 닿은 것
같은 거

돌이킬 수 없는 거

호젓이 버젓이
다가와서 엄마엄마
너를 따라다니는 거야

나는 아빠야
나는 할머니야
명명백백 말해도 소용없어

무슨 귀신이 붙었나
귀신의 아이가 따로 없다

엄마엄마 어마

엄마

멀리서부터 달려오면서
너만을 향해서 외치는 거야

사람들이 다 너를 쳐다보지
산천초목 빌딩 버스 가로등 다 너를 봐

너는 욕하고 화내고 무시하고
여기저기 게시판에 문의 글을 올리지
하지만 애처롭게
엄마엄마
하면서

오잖아 안됐잖아

이제 너는 무시할 수 없어서
딱 멈춰서 아이의 눈을 볼 거야
안아주지도 않고 말을 걸지도 않고
걔가 원 없이 엄마엄마 부르게 해

새 아이였는데
널 닮지 않았고
냄새도 나
자라날 텐데 더럽고 아픈 채로

오잖아 너만을 엄마로 부르잖아
기회가 온 거야

반죽

수제비 떼듯이
뚝뚝 뜯어버렸다

좋잖아
취한 놈 달걀 팔 듯
막 뜯어 던져버려

너무너무 이상하잖아
꽉 쥐고 있으면 한 손으로 다 만질 수 있는데
놓으면 두 손바닥을 넘어서다니

심지어 한 솥 끓인 것처럼
넘치기까지 하다니
불어나다니

마구잡이 신비로워
내가 혼자인 만큼
두 손을 넘어서는 손 그림자 좋아서
내 손은 나 몰라라 좋아서
부푼다

이음매 없이 매끈하게
커지는데
감당이 안 돼
입안에 넣고 입도 손도 쉬게 한다

됐다가 누군가 오면 꺼내야지
처음 뵙습니다 반갑습니다
악수는 해야 하니까 배고프다고 하면
나눠줄 수도 있을 테니까

작은 집 되어
이 집에 이렇게 많은 수제비가 있다고
배부른 집이라고 세상에 이런 일이 있다고
히히 웃어볼까
싶지만

막상 꺼낸다면
내 손은 몸 안을 다 들고 나올 것이다
미친놈 풋나물 캐듯
주렁주렁 들고나와 이것 봐요 드세요 더 있어요
더 드세요 할
것이다

생 마음

아 이 마음

백지에 놓기 위해
백지부터 만들기로 한다
처음부터 내 손으로 할 일
내 땀 내 피로 할 일

필요한 것
티끌 없는 오전
진솔 속옷 진솔 양말
온갖 말 가르쳐준 이들
생각처럼 들어와
피도 땀도 함께 흘려주는 것

내 피 내 땀

에

스미는 것

백지에

생 마음은 독한 것이군

소금에도 곰팡이 난다는데

소금보다 더 독한 것이군

생사람 잡듯 마음을 잡는다

물을 기른다는 시인*처럼

어쩌면

나도

* 임유영 시인은 「물 기르기」에서 물을 기른다.

마음처럼

물 한 방울

백지 위에 둘 수 있으리라

도르르 구르라고

계속

백지의 귀퉁이를 움직일 수 있으리라

손가락으로

백지를 가리키며

말을 배우는 사람들에게

마음을 넌지시 보여줄 수도 있으리라

생 마음은 독하지만 정한 것이라고

피땀 죽을 쒀서 체에 밭치고 평평히 펴고 말리고

틈틈이

살핀다

상하지 않은 채

있다

숨 쉰다

보기엔 순해 보인다

쿵 하면 짝

쿵 하면 짝 하겠니
나그네 하려면 봇짐 싸겠니
나아가려면 무엇 챙기겠니
사발 열 개?
속옷 열 벌?
여남은 것 없이
아 이 마음
새롭지 않다
편안하고
부드럽다
거슬리는 것 하나 없이 발에 착 감기는
양말
솔기가 다 터져
버릴까 고민하다가도
다시 구하기 어려운 신발

같아

새 신발 새 양말
바닥
꾸려넣겠니
헌 것 닳으면
꺼내는 거야
쿵 하면 짝

아직
쓸 만하잖아 둘둘 말아 챙긴다
구겨질수록
내 것 같다

다 닳기 전에

버려도 된다

버려도 되지만

죽지도 않은 걸 버려서는 안 된다

2부

환절, 호랑이 사람으로
돌아오지 못하는 기록

집채만 한 커다란 호랑이라는 말이 허풍 아니던 시절이 있었습니다. 호랑이가 어찌나 큰지 사람은 어찌나 작은지 그리고 먹을 양식이 얼마나 적은지, 그마저 없으면 나무껍질이고 풀뿌리고 다 꼭꼭 씹어 먹으며 주린 배 달래는 날 얼마나 많은지. 말을 잇기 시작하면 한도 끝도 없어 보이나, 꼭 끝날 것이니 잠시 시간을 주시지요.

옛날 옛적 어떤 남자가 살았습니다. 남자는 과거

시험에 떨어진 후 병든 어머니를 모시고 아내와 가난한 삶을 이어갔습니다. 그러던 어느 날 어떤 스님이 이 가난한 친구에게 쌀 한 줌 시주를 받고는, 어머니 병환을 낫게 할 비법으로 백 일 동안 개를 한 마리씩 잡아 푹 삶아서 드리면 된다고 알려주었습니다. 못 먹어 아픈 것이니 잘 먹으면 나을 것입니다 하면 될 것을. 토끼도 아니고 꿩도 아니고 개 백 마리라.

그래 가난한 남자는 스님에게 물었습니다. 아니 도대체 개를 어디서 매일 구하느냐고. 매일 한 마리 일백 일이면 일백 마리인데 그 개를 다 어디서 구하느냐고. 스님은 호랑이로 변해서 개를 잡아 오면 된다고 말했습니다. 너무하지 않나.

너무하지 않아요? 나는 여기서 뽀얗고 작은 강아지들부터 새끼를 많이 낳아 늙고 힘없어 목을 축 늘어뜨린 개까지 다 떠오르기 시작했는데, 호랑이 무서워 꼬리를 말고 도망치려는 개들, 사람 보면 꼬리를 살랑살랑 흔드는 개들, 이를 드러내고 으르렁거리는 강아지들을 푹푹 삶아 어머니에게 드리겠다고 마음먹은 이 가난한 남자를 무턱대고 미워할 수도 없었습니다. 우리 부모 아프지 않고 늙지 않고 오래 오래 안 죽기를 바라는 마음이 내게도 있어서, 효심 이라고 퉁 치기엔 나를 사랑해주는 사람들 잃기 싫 어 모자라게 구는 이기적인 마음 부정할 수 없어서.

결국 이 가난하고 마음 모진 남자는 스님에게 부 적 두 장을 받았습니다. 한 장은 호랑이로 변하는 용도이고 다른 한 장은 사람으로 돌아올 때 쓰는 것 이었습니다. 다만 호랑이로 변할 때나 사람으로 변 할 때나 보는 사람이 없어야 한다는 주의사항이 따 랐습니다. 스님이 떠나고, 다음 날부터 남자는 매일 호랑이로 변해 개를 잡아 어머니에게 드리기 시작 했습니다.

백 일이면 석 달하고도 열흘 가량입니다. 한 계 절을 통째로 호랑이로 보낸 사람은 이전과 같은 사 람일까요. 별일 없이도 석 달이면 내가 알던 사람도 다른 사람 되기 마련인데 호랑이가 되어 석 달을 보 냈으니, 어찌 되려나요.

아무리 스님이 개를 잡아 어머니께 고아 드리랬다 해도, 개 가엾은 것은 고민도 안 해본 이 남자가 호랑이로 변해 꼭 개만을 잡을까 싶어지는 것입니다. 호랑이는 얼마나 큰가. 얼마나 강한가. 그리고 얼마나 빨리 배 꺼지는가. 하루에 못해도 한 근의 고기는 먹어야 하는 것이 호랑이인데. 개 한 마리 잡는데도 호랑이는 펄쩍 날아올라 달려야 하니, 여름이면 더위에 지칠 것이고 겨울이면 눈발에 지칠 것인데 계절이 바뀔 때면 얼마나 힘들 것인가. 토끼나 꿩 같은 산짐승보다는 마당에 묶인 개 잡는 것이 호랑이 입장에서 더 편하려나 쉽지만. 언제고 네 발로 빨리 도망치는 개 잡기가 편하겠는가 두 발로 달려도 멀리 가지 못하는 사람 잡기가 편하겠는가. 이 호랑이 결국 사람 잡지 않겠는가 합리적 의심이 고개를 듭니다. 고갯마루에 배 깔고 엎드려 사람 잡아먹게 생겼다 이 말입니다.

결국 99일째 되는 날 사달이 났습니다. 꼬리가 길면 밟히는 법. 백 일이 짧은 기간입니까. 사실 남자의 아내가 그를 의심하고 있었습니다. 쌀 한 줌 구하기 어려운 빤한 형편에 남편이 어디서 매일 개를 구해 와 어머니께 드리는지 하 수상했던 것입니다. 남편 놈이 화적질을 하고 있으면 어떡하나 딴 집 살림을 꾸리고 있으면 어떡하나 얼마나 걱정이 됐겠습니까. 아내의 이런 마음도 모르고 남편은 어떻게 개를 구했는지 알려주지 않았던 것입니다. 그러면 어떡하나. 스스로 알아낼밖에.

아내는 손가락에 침을 묻혀 문풍지를 뚫고 남편 하는 짓을 훔쳐봅니다. 웬 부적을 들고 중얼중얼하니 남편이 호랑이로 변합니다! 우환입니다! 차라리 화적질이 낫고 심지어 다른 집 살림을 차리는 게 나을 지경입니다. 아내는 남편이 다시 호랑이로 변하지 않았으면 하는 마음에 부적 두 장을 모두 없애버립니다. 아 이 마음…….

아무것도 모른 채 개를 잡아 집에 돌아온 호랑이 남편은 호랑이인 채로 아내에게 내 부적이 어디 있는가 묻습니다. 아내는 당신 호랑이 되지 말라고 내가 다 없앴다 답합니다. 화가 치민 호랑이 남편은 아내를 내던져 죽이고 맙니다. 이 야단에 놀란 노모가 가만히 있을 수 있겠습니까. 아가 이게 무슨 난리냐 방 밖으로 나왔다가, 호랑이가 며느리 죽인 것을 보고 까무러칩니다. 까무러쳐 다시는 일어나지 못합니다.

아, 이 사람은 과거 시험에 떨어진 남자였다가 가난한 남자였다가 어머니 병환을 고치려고 호랑이가 된 남자였다가 개 아흔아홉 마리를 잡아 죽인 호랑이 남자였다가 아내는 던져 죽이고 어머니는 놀라게 해 죽인 호랑이가 되어버린 것입니다.

이후 어찌 되었을까요. 이 호랑이는 사람 될 길 없고 그저 배고프고 서러운 것만 남았습니다. 그래서 옆집에 가 사정을 설명하고 밥을 얻어먹었습니다. 사람을 죽여도 배는 고픈가 봅니다. 하긴 개를 아흔아홉 마리나 죽이고도 한 마리 더 죽일 생각을 한 남자인데……. 일단 호랑이에게 밥을 먹인 옆집 남자는 나라에서 포수를 시켜 호랑이인 당신을 잡으려 할 것이니 마을에 머물지 말고 산으로 올라가라 권합니다. 집 잃고 사람 될 길 잃은 불쌍한 남자를 먹인 것인지 아내를 죽이고 노모마저 죽인 살인자를 밥 먹여 달랜 것인지, 그 옆집 남자 마음 어쩐지 알 것도 같습니다만.

옆집 남자의 말에 따라 호랑이는 산에 올라갔으나 매일 마을에 내려옵니다. 그리고 자신의 사정을 설명하며 마을 사람들에게 밥을 얻어먹었습니다. 하지만 가난한 마을 사람들이 언제까지고 호랑이를 먹여 살릴 수는 없는 노릇이지 않겠습니까. 결국 호랑이는.

아이고 허기져 허기져라. 배고픈 호랑이.

호랑이는 나무꾼들을 잡아먹기 시작했습니다.

사람 잡아먹는 호랑이가 버티고 있으니 사람들이 산에 오르지 않게 되었고, 사람 맛을 알아버린 호랑이 허기를 달래려고 급기야 양수 가는 고갯마루까지 내려와 배를 깔고 엎드려 있던 어느 날이었습니다. 관복을 차려입은 사람이 느릿느릿 고갯마루에 등장했습니다. 호랑이 앞에 양민이나 양반이나 다 같은 것 아닌지. 호랑이가 마침 그자를 잡아먹으려는 찰나였습니다. 관복 입은 자가 외칩니다. 자신은 양주 사또로 새로이 부임해 가는 길이니 호랑이 썩 물러나라고. 벼슬이 사람 앞에서나 벼슬이지, 호랑이 앞에서도 벼슬입니까. 이거 간이 배 밖으로 나왔습니까 싶지만. 포악한 정치는 호랑이보다 무섭다고 하니 아주 틀린 행동은 아니라 할 수 있겠습니다.

　나무꾼은 잘도 잡아먹으면서 사또 앞에선 주춤, 멈춰 선 호랑이가 여기 있지 않습니까. 진짜 벼슬아치가 무서웠던 것인지 저 멍청한 놈은 또 뭔가 싶었던지 그 속 우리가 알 수는 없지만. 주춤한 호랑이 천천히 관복 입은 자를 살펴보자니 아니 이럴 수가, 예전 자신이 사람이기만 했던 시절, 함께 과거를 준비했던 친구 아닙니까. 호랑이 입을 벌려 사람의 말로 신관 사또에게 자신이 예전 벗이라고 이야기하며 그간 있었던 일을 설명했습니다. 사또는 벗이었던 호랑이에게 맛있는 음식을 대접하고 긴 담뱃대에 담배도 맛있게 말아주었다고 합니다. 호랑이는 오래간만에 느긋하게 담배를 피우며 제 고생을 떠올렸답니다.

　어떻습니까.

　내 노모 병구완하러 개 잡는 호랑이가 된 나의 기구한 사연 들어보시겠소, 라고 시작하는 호랑이 담배 먹던 사연 어떠십니까. 여기서 호랑이 됨은 일종의 은유일까요. 사람으로는 도저히 하기 어려운 일을 저지른 이에 대해 인두겁을 쓴 작자라는 표현을 쓰는데요. 호랑이가 된 자는 어떻습니까. 아주 호랑이가 된 후 이 남자 속이 전혀 짐작기 어렵게 되었습니다. 허기만 알 수 있을 따름입니다……. 도대체 왜 스님을 찾아가지 않는 것입니까. 호랑이 걸음이라면 호랑이 코라면 스님 하나 찾아내기 어렵지 않을 것 같은데도, 살인한 호랑이 계속 살인합니다. 손쉽게 배고픔을 달랠 길로 사람을 먹어가며 시간을 보냅니다. 여기에는 무엇인가 비어 있는 구석들이 있습니다. 계절과 계절 사이처럼요. 환절기는 한 계절과 한 계절 사이에 있는 계절 아닌 계절입니다. 와중에도 특히 겨울과 봄 사이, 여름과 가을 사이에 짧지만 강렬하게 느껴지는 기묘한 상태. 정신을 차리고 보면 이미 지나가버리고 없으나 뭔가 달라졌고, 그 달라짐으로 인해 다음 계절을 살아가게 되는. 한 계절 지나고 나면 다른 계절이 오고 또 계절이 비슷한 생김으로 돌아오니 마치 아무것도 변하지 않는 느낌 들 수 있겠습니다만⋯⋯.

저는 환절기가 되면. 아, 내가 호랑이 되어 개 백 마리를 죽일 결심하고, 마침내 고민 없이 개 아흔아홉 마리를 죽이고 사람도 죽인 호랑이 되어 이제 다시 사람 될 길 없겠네. 나를 사랑하는 부모도 없고 내 아내도 없고 내 마음도 사라졌으니 우연히 만난 옛 벗에게 호의를 빌려 잠시 사람 흉내 내며 쉴 길만 있겠네. 매일매일 내 기분 내 심정 내 상황 내 허기, 호랑이 고개 넘듯 뛰어넘고 싶어집니다. 산짐승 못 잡고 사람 마을 내려가기 싫으나 배는 또 고파 도리 없고요. 담배 먹는 동안 이보시오 신관 사또 옛정을 보아 피로하고 지친 날 좀 죽여주오 하는 기분부터 담배 다 먹은 후 사또건 친우건 냉큼 잡아먹어야겠다 하는 기분까지. 변덕 끓는 계절이 지나가고 또 옵니다. 호랑이 가느다란 눈으로 사람처럼 나른하게 담배 피우듯 뉘우침 없이 내 서러운 것만 생각할까요. 기구하다 하며 아득해할까요. 그럴 수 없기에 짧은 틈을 놓치지 않으려 배를 깔고 엎드려봅니다.

3부

장타령

각설이 온 마을 온 집 구걸하듯
시작하겠소

당신에게 곳간 있소
열어주시오

다섯 개 떡과 두 마리 물고기가
천 명을 먹이고 만 명을 먹인다지

어째 인심 좀 나시오

농냥을 하려거는
혼자보단 둘이 낫고 둘 보단 셋이 낫소

죽지도 않고

함께 왔다오

곳간에 인사하시오
간밤 안녕하셨소
밥은 자셨고?

비바람 거친 곳간에서도
거지의 사발 깨끗한 잠
어찌 어찌 늘어나나
알아내셨소

옷을 갈기갈기 찢고 가슴 치고
머리카락 쥐어뜯고 맨발로 걸을 일 없길 바라오

당신에게 곳간 있소 어서 여시오

따라오고 싶다면

오늘은 업어주겠소

대사는 없지만

그를 바라본다
라고 쓰여 있다

그의 지시문에는 청산유수
완전한 청산유수
라고 되어 있나 봐

그를 바라본다
사랑이 무너지고 하늘은 무너지지 않고
새로운 생활이 시작된다

눈앞 흔들리는 일이란 청산처럼
청산에 흐르는 물에 비쳐 보이는 하늘처럼
당연한 일인가 봐

나를 비춰 보려면 숨 닿을 만큼 다가서야 하나
머리칼 흔들리고
마음은 흔들리지 않고 눈빛은 칼끝처럼 빛난다
빛난다

다음 장면을 떠올리지 말고 그만을 바라보라고
연출가가 말한다

다음은
앞으로 그와 나 영영 만나지 못하고
각자의 사람과 살아가는 장면일 것이다
무대 아주 좁지만 우리는 서로를 보지 못하는
것으로

스친다

코앞에 두고도 보지 않는다
옷깃이 스쳐도 귀신처럼 못 본 척한다

관객들은 알고 있다
우리가 서로 알아채면 환불을 요구할 수 있음을

그래 그를 바라보는 장면에 집중하자
그는 무엇을 보는가
그는 청산유수
영원히 젊고 건강할 것처럼
일월처럼 유수처럼 청산처럼
말하는 중인데

나는 그에게 가까이
청산에 가야 한다

길게 더 길게 그의 말보다 길게 숨을 쉴까
천천히 고개를 돌릴까 눈을 느리게 깜빡여볼까
연출가는 말이 없고
청산이 유수가 나를 바라보고 있음을 잊은 채
살아야 한다 여기 얼룩덜룩한 녹색 그늘 속에

나는 살아본다
청산에도 돌 던지는 사람은 있지 않겠어

돌 맞아 죽는 일 과연 청산에 있음을
보고 싶어라

유수에 떠내려오는 시체 있지 않겠어
돌에 걸려 수초에 걸려

큰비 내리길 기다리는 물살
에 걸려 머물고 싶어라

까마귀 고기

오늘 본 아름다운 것,

뒷머리가 일어선
내 두 손바닥만 한 새 한 마리,
꼭 까치집 지은 것처럼
늦잠 자서 머리가 붕 뜬
첫사랑처럼

싫어지지가 않네
저런 건

횡단보도 앞에서
콕콕
비둘기가 쪼아 먹는 강냉이,
오늘 본 귀여운 것 중 가장 귀여운 것

부리보다 커서 몇 번을 쪼아도
먹히지가 않네
뒷목 반들반들 연보라색 빛나는
비둘기 내가 자주 보는 유일한 새,
한번 키워본 적 없는

(포기해 비둘기 포기해)
비둘기를 마트에 데려다줄까 보다
강냉이를 더 잘게 부숴주든가
그리고

(까마귀가 소 한 마리를 다 먹으려면
시간이 얼마나 걸리는지
아시는 비둘기 없나요)

물어볼까 보다

까마귀도 부리가 손이겠지 그걸 다 먹으려면
(얼마나 걸리겠어요 정말 별걸 다 물어보시네
까마귀가 비둘기도 먹는 거 아시냐고요
저한테 너무한 거 아니냐고요……)
묻지 말자, 얌전히 강냉이나 부숴줘야지

강림 도령이라는 자의 일은
비둘기 사이를 돌아다니며 아무 비둘기나 거두
어 가는 것이다
난 순서 가는 순서 다른 이유랄까

까마귀는 부리가 손이라
염라대왕의 편지를 놓치고 소 한 마리를 다 먹느라

그랬다는데

도령의 낡은 수첩
물 젖어 우글우글
이제 없는 비둘기가
배불러 쉬는

오늘 본
아름다운 것 중 가장 아름다운 것

불가사리가

김 서방 이 서방 김 도령 이 도령
김 낭자 이 낭자
되라니?

아이고
나에게 성 없다면 무엇 이어지랴
나 또한 부모 있겠으나
다른 꾀 낸다면?

입속에 걸리적거리던 것
뱉는다

충치인 줄 알았는데
얼씨구 아주 꾀바른 불가사리라니
타령이라니

불가사리에게 탱크도 먹이고
총도 먹이고
육교도 먹여야지
자동차도
기차 배 비행기도 먹여야지
신호등도 먹이고

김 서방 이 서방 김 도령 이 도령
아니지 여보 낭자 아기 갓난아 이놈 개똥아
막산이 아이고
불가사리 봤는가

빈 자리 혀로 더듬으며
바다도 땅도 우스운 거대한 덩치

소식 전해 듣는 것이다

나무 호미 가져오고
흙 삽을 가져와
불가사리 깡깡
때리는
사람들 정수리 많기도 하다
저러다 사람들 다 죽게 생겼네 말려야 하는데
혹시 모르지 뭉쳐서 덤비면 될지도 놀라운 꾀 목
격할지도……
이런 경우, 불가사리가 못됐는가 내가 못됐는가?

불가사리 늙어 꼬부라진 나를 날름 삼킨다면
신호등 육교 근처 자동차 기차 비행기 타고
가

총 탱크 다 쌓아놓은 자리 뭉개고

초가삼간 지어

쇠붙이 두드리고 다녀야지

장단을 쳐야지 불가사리야

요란을 떨어도 움직이지 않는 불가사리야

내 탓이냐

물어나 봐야지 부모 없어도 집 없어도 살아가는데

아주 조금만 지장 있다고 불가사리야 죽을 수 있어서 신통하다 용하구나

다독여줘야지

춘향이 집 가리키기

눈을 뜬다
눈을 감는다
'나는'으로 시작할 마음을 먹는다
어금니가 머리뼈를 짓이기고 있지만
'나는 있다'라고 한 줄 쓴다
'나는 여기 있다'라고 한 줄 쓴다
'나는 여기 있었다'라고 쓴 줄을 지운다

나는
나는 있다
나는 여기 있다

목을 잡고도 목소리가 나오나 읽어본다
나는 여기 있다
술을 조금 마신다

산책을 나간다
청소를 한다
음악을 듣는다
영화를 한 편 본다
드라마 한 편 볼까 했는데 다섯 편을 내리 연속
방영하다니
눈이 빠질 것 같다

'나는 여기 있었다'
다시 쓴다

'나는'을 지운다
'있다'를 채운다
'여기'를 지운다

나에게 나를 내민다

되돌려 받는다

조용히

생각보다 더 조용히

다 지운다

아무 일도 일어나지 않는다

아무 일도 일어나지 않는다

아 이 마음이다

청소를 한다

산책을 한다

요리를 한다

일을 한다

직업을 갖는다

'나' 쓴다

'나 여기 있어'라고 쓴다

머리뼈가 어금니와 화해한다

눈이 빠지지 않고

목이 부러지지 않는다

쓰면 믿긴다

나는 새에게 여기 앉아라

저기 앉아라 할 수 없음

딸기를 한 알 두고 본다.

딸기는 부드럽다.

아무것도 감추지 않는다.

이 과육은 수과, 수과의 수瘦는 파리하다, 여위

다, 마르다.

파리하고 여위고 말라서 되는 과육?

다시 딸기를 본다.

딸기는 부드럽다.

딸기는 껍질과 과육을 분리할 수 없다.

딸기는 온 것.

완전히

씨앗까지 다 먹는 것.

다시 딸기를 한 알 두고 본다.

잠자코 본다.

딸기는 껍질이 말라 목질이나 혁질이 되며 그 속

에 종자를 가진다.

　아 이 마음.

　딸기는 파리하고 여위고 마른 껍질 자체,

　껍질을 살에 품는다.

　완전히 익어도 갈라지지 않는 물기 가득한 과일

이며 폐과,

　폐과의 폐閉는 닫다, 막다, 막히다.

　딸기는 파리하고 여위고 마르며 닫고 막고 막힌

과일

　내부와 외부를 구별하지 않는 한 입.

　한 입.

　한 입을 삿추어

　내민다. 잇자국을 남길까, 곰팡이를 남길까,

　입술 닿을 순간을 기다린다.

　딸기 한 알을 기다린다.

딸기를 두고 본다.

집중해서 조금만.

조금만 더.

딸기를 담은 그릇 바깥에 조용히 움직이는 손,

차가운 물,

딸기 꼭지를 희게 밀어 올린 딸기를 본다.

딸기는 부드럽다.

딸기는 이미.

딸기를 먹고 나면 향긋함이 남는다.

고독하고 부드럽고 단단한, 혀에게 지고 이에게 지는 단단한.

새가 먹을 수 있게 조금 남긴다.

섬광

섬광에게 시간은 장소와 구별되지 않는다
섬광이 지나간 자리
죽었나 안 움직이는 얼굴이 있다
비도 오는데 배달이나 시키죠
이번에도 수백 명이나 죽었대요
라는 말을 듣고
아 진짜요
라고 대답했다
섬광이 먼저 오고 멀리 소리가
들렸기에
이것 좀요
라고 배달 음식을 내밀었다
죽은 송장도 일어나
함께 비닐을 벗기는 사이
여기

송장을 빼놓고 장사 지내는 사이

여기

진짜

극히 짧은 순간에 영영 굳는

너에게

나에게 얼굴이 있다니

단 한 개라니

같은 것이 없다니

다시 대답할 수 없다니

단 하루

아무도 아무에게 죽지 않는 날

서로 다른 얼굴들 최대한 낳이

섬광 아래 있는

온갖 쓰레기를 함께 만드는

단 하루가

봉제 새

현미차를 마십니다
현미 알 불어터진 것 호호 후후 불어가며 마십니다
다
고소하니 따뜻하니 좋습니다
언젠가 어떤 크리스마스에
산타가 북한 상공에 1분 머물렀다고 합니다
남한에선 3분 동안 선물을 2천만 개나 나누어주
었다고 합니다
그러고는 어딜 들르실지
산타에게 현미차를 대접하고 싶습니다
정성껏 말린 현미
마트에서 산 거지만
불어 간절한
숨
퉁퉁 불어 후후 호호 불어가며

한 알 한 알 밀어내며

천천히 마셔보셔요

어느 정도 마시고 나면

물 말은 밥처럼 후루룩 삼켜도 됩니다

컵을 훅 쳐들고

입안에 탈탈 털어넣어도 됩니다

산타님

봉제 새 속에

현미를 가득 담았습니다

데워서 품에 안고 가세요

그리고 정말로 멀리 가주세요

너무 배고프고 외로우면

봉제 새를 뜯어도 됩니다

물에 불려 드셔도 돼요

세상에 없는 아이들에게도 선물을 주세요

그 아이들은 울지 않았답니다

그리고 산타님

봉제 새에게도 선물을 주세요

봉제 새는 노래했답니다

부처님 가운데 토막

긴 갈피
갈피 안의 몇 글자
아무리 쓸어도 만져지지 않아
외국어도 아닌데

갈피갈피 건드릴 수 있었지
하지만 눈만 감아서는
만져지지 않아

어릴 적 쓰다듬던 개 허리를 떠올려야 한다
엉거주춤 엉덩이를 뒤로 빼고
살살 더듬기

망설이기
숨을 쉬기

눈 뜨기

똑바로 바라보기

나를 바라볼 때 눈 돌리지 않기

이 보이며 웃기

웃겨주기

오늘 만진 것을 이해하기

손가락만큼 작은 금동불 품에 넣고 다녔던

사람들 어두운

박물관에서처럼 떠올릴 때

기름 먹인 향 먹인 수의 입힌

이름

금동불

바닥에 새겨져 있다고 할 때

손끝에 걸리던 것
갈피갈피

정수리부터
이마 코끝
입술
턱 밑으로
드리우던 것

품을 감싼 옷 위로
손댄 채
어린아이보다 작은 부처
만지지 않고
기다려

더 어두워지도록

기다려

밤비에 자란 사람

도깨비는 노래 좋아하고 빛나는 것 좋아하고 수
수팥떡을 좋아해 도깨비는 힘이 장사고 긴 밤이든
짧은 밤이든 노는 것이 좋아 씨름 잘하는 둥근 어깨
를 가졌을 것만 같아요 말라깽이 도깨비는 없을 것
같아요라고

타령 시작하자마자 빼빼 마른 축 처진 어깨에 가
방 자꾸 흘러내리는

도깨비 지나갑니다

지나갑니다
심심하면 나랑 씨름합시다
가방 추슬러 올리며

도깨비 휘청 말라 고속버스터미널 유리문 어깨
로 밀며 야윈 나뭇잎과 마른 잔디 사이로 지나갑니

다 가방만 보이는 것 같다 방심하지 마세요 도깨비
대신 말해주고 싶네요 지나갑니다 계절 지나갑니다
이대로 떠나기에 마음 요란해

계절 바뀔 때
더 아픈 사람들,
아프면 많이 바쁠 텐데요

도깨비도 바빠요 막걸리 좋아하고 먹성도 좋아
전국 방방곡곡 안 가는 곳 없이 돌아다닙니다

지나갑니다
아픈 사람들 밤새 기침하잖아요
글쎄 잘 들어보세요 도깨비
비 맞은 중처럼 기침 따라 후렴하는데

왜 모른 척하나요
노래 좋다 해주시면 좋아할 텐데
앓느라 힘드시면 속으로라도
감탄해주시지

밤비에 자란
야윈 도깨비
오래오래 천천히 자랐답니다 그러느라
감투도 방망이도 잃어버렸지만 가방은 있답니다
흘러내린 가방 금은보화 정말 들었나 붙들지 마세
요 열어보면 당신이 가장 원하는 것 들어 있을 텐
데요 당신도 모르는 당신 원하는 것! 도깨비는 내
기 좋아합니다 당신을 걸고 씨름을 해야 한다고 가
방에서 하루 꺼내주겠다고 도깨비는 언제나 씨름할
마음 만만 장난칠 마음 만만! 거절하기 어려울 겁

니다 시간 가는 줄 모르고 샅바를 잡아야 할 텐데요 아프면 도리 없죠 고단하죠 씨름이 다 뭔지 일어나기도 힘들 수 있을 텐데요 그러나 도깨비 조화로 힘날 겁니다 보세요 아픈 계절 사라지고 도깨비 불 무성한 날 가방 안에서 봤나요 그때도 씨름 중이면 좋겠네요 가방 속 당신이 기다리고 있어요 제가 응원하겠습니다

하려던 말의 반만 하는 모임

오리 병아리 벙어리 미나리 같은 것
발음하고 나면

꽥꽥 삐악삐악 우물우물
나 지금 오해받은 채 찬물 들어가
긴 장화 신고
고무장갑 끼고
미나리 낫으로 벤다
그런 기분이야
온몸이 차갑고 무거워 끝이 안 나

이런 뜻이 그림자를 지고 따라온다

아 이 마음
말에 섞어 흘리고 나면

그림자처럼 따라오는 줄 알았는데
그림자를 지고 따라온다

밤새 비가 온다면

병아리 오리 망아지 강아지 송아지
길 한복판
네 생각 닮듯이 비 맞고 돌아다니고 있구나
종종종 모여
악대처럼 나선 것은 좋았는데
세상이 너무 험해

마음속으로 불러들여야 하는데
어떤 소리가 통할 것 같니

살아 움직이려고 냄새 풍기려고
마음 움직이려고
악대는 그림자를 밤에 숨긴다
숨긴 줄 안다
요새 사람들 밤에 잠을 안 자

들킬 텐데 난리법석 날 텐데

오리 죽은 것 병아리 죽은 것
비가 오고
벙어리 죽은 것 미나리 죽은 것
비 계속 오고
주민센터에서 소방서에서 경찰서에서 데려갈 텐
데

멈출 기색 없이 비

오는

생각 속에도 세상 있을까

그 세상

망아지 송아지 강아지 어떻게 울까

이런 말이 생겨난다니까

저승서 부처님 기다리듯

죽은 사람을 밀어봤어요

(솔직히)

죽은 남자를 밀어봤어요

(자세히)

죽은 남자 처음 봤어요
항상 죽은 여자만 봤는데
별로 대단한 이유는 아니었고……

(대단한 거 아닌 말은 빼고)

장례지도사가 죽은 남자를 정리해 왔어요

보고 있는데도 희미한 얼굴

입가에 주름이 있네요

화장품이 발려 있네요

엎드려 살펴봅니다

낯선 냄새

아 이 마음

요즘 사람 같은 냄새

(사실관계를 명확히)

죽은 남자의

빚이 온답니다

포기해도 된답니다

눈썹을 그려놓으니 알던 사람 같지 않아요

원래도 잘 몰랐던 거 같아요

자는 얼굴을

(말을 끝까지)

살펴봤다고 했지만
사실은 살짝 밀어봤습니다
어깨로 살짝 끼어들었어요
밀리더라고요
밀리는 사람이었더라고요
되더라고요

곰의 친절

작은 토끼의 뺨에 모기가 앉았습니다
곰은 토끼를 돕고 싶었습니다
찰싹

모기 날아가고 토끼는 죽었습니다
곰이 아 이 마음 어떡하나 괴로워 더 이상
약한 것 근처에 있지 말아야겠다

곰
인간 마을로 내려왔습니다

주인어른 뺨에 파리가 앉았습니다
주인어른 참 성가시겠네
찰싹

파리 날아가고

곰은

파리 달려드는 것 자꾸 날려 보냈습니다

인간들 긴 창을 들고 횃불을 들고 달려왔습니다

좁혀 왔습니다

4부

요정을 가르치기

누구도와 아무도를 배우는 요정

요정이 처음 시를 배우겠다고
인간이 쓰는 시를 배우겠다고

나를 찾아왔을 때

나는 '나'를 쓰는 법부터 가르쳤다
요정은
'나'를 향해
멀리 돌아가는 시를 쓴다

누구도와 아무도를 알려준 날

요정은

시에 외롭다는 말을 없애는 법을 알려달라고 했
다

내가 너무 아름다운 낭독을 듣고 있는 걸까
요정의 숨소리에
한 번도 손대지 않고

요정의 시에
손대지 않고

요정이 앉을 자리를 정돈해두면서

잠자코 요정이 말했다

들리지 않았다
요정의 말
하나도 들리지 않았다
등이며 뒷머리를 쓰다듬고 있는데도
요정은 조금 인간보다 온도가 높구나 그뿐.
우는 인간 화내는 인간과 똑같이 뜨겁구나
느꼈다

요정을 사랑하지 않는데
미워할 수도 없어서
나는 작은 메모지에
필요한 거 있으면 연락해

라고 적어 냉장고에 붙인 후
출근하고 데이트하고 쇼핑했다

영화까지 한 편 보면서
인간들과 있었다

요정이 밥은 먹었을까 자고 있을까
먹기 쉬운 귤이라도 살까
수시로 요정을 떠올렸지만
후회할지도 모르지만
잠자코 잠자코

요정의 말
정말로 내게 들리지 않는 것
느꺼서

요정 대신 살아갈 수도
요정을 죽여줄 수도

없기에 잠자코 잠자코

다른 요정들은 어떻게 살아가나
나타나달라고 느낌이라도 좋으니

12월에는 요정들이

12월에는 요정들이 있다
여름 나라에도 겨울 나라에도 한 해의 마지막 달
있고
예수는 몰라도
요정들은 있다

잠든 개구리처럼
잠든 개구리 위에 부드럽게 덮힌 흙처럼
다시 깨어나지 않을 것 같은
검은 재 자욱한

마을이었던
마을
지나며

요정들은 노래한다
듣는 이도 없구먼

인간들 죽지 마
멋대로 죽이지 마
먹을 거 아니라면
절대로 그러지 마

번진 빛 위로
첨벙첨벙 요정들

비 내려
씻기는

눈꺼풀들 위에서

요정과 술 마시기

술은 인간 영혼의 윤기입니다

내 말이 아니다 요정의 말이다
취한 요정과는 마음 전혀 통하지 않지만
요정의 집 알 수 없고
내 집에 데려가도 되는 걸까
요정을 믿을 수 없고

요정인데
요정이잖아요
설마하니 요정이

하지만 나는 요정들이 하는 고약한 일들을 안다
이를테면 거울 요정이라든가 램프 요정이라든가

요정이 못 하는 일들도 안다

누군가를 죽일 수 없다
누군가를 사랑에 빠지게 할 수 없다
누군가를 되살릴 수 없다

나는 취한 요정을 쿡쿡 찔러
소원을 들어달라고 한다

귓속말로 세 가지나 말했다

요정은 취했고
셋 다 같은 소원 아니냐고 한다
소원은 됐고
자꾸 내 눈에 비친 자신이 얼마나 예쁘냐 묻는다

요정과 팥죽 먹기

귀신 영화를 보거나
장례식에 다녀오면
팥떡이나 양갱을 먹는 친구가 있다

팥 든 것을 먹고 사람이 많은 곳만 골라 휘휘 돌
아다니다
오는 친구

그러나 뭘 붙여 온 걸까

오늘은 동지
함께 팥죽을 먹기로 했는데

친구는 수저를 떨어뜨리고
젓가락을 떨어뜨리고

지갑을 잊고 나왔다고 하고
통화를 한다고 들락날락거린다

친구야
무슨 일이야

물어보기도 전에
친구의 팥죽 그릇 위로 뭐가 뚝뚝 떨어진다

친구가 데려온 것을
함께 돌보아야 할 것 같다

함께 팥죽을 먹어야 할 것 같다

크리스마스 요정

크리스마스 요정은 얼마나 분주할까
무너진 들보 아래 묻힌 신발을 찾아내느라
아이가 가장 좋아하던 신발을 찾느라

부모 없는 아이들의 꿈에
아무것도 나오지 않게
무엇이 나오더라도
갑자기 깨어
울더라도
곧 다시 잠들게 하느라

고단하게 하여
긴 잠 자게 하여

요정을 잊도록 하여

자라게 하여

아이 잃은 부모들 꿈에
아무것도 나오지 않게
아이가 나오더라도
깨지 못한 채
울더라도
햇빛 고루 들게 하느라

아이의 표정 희미해
눈물 없이 울 때
내신 기억해주느라

요정들에게

시에서 잠들지 말라고
꿈속으로 들어가지 말라고
엄포를 놓았다

꿈 밖에서 안전하지 말고
꿈을 보여달라고
여기 지금 파괴하라고
요정이 하는 일 해달라고

요정이 하는 일 무엇인지
요정의 마음 아는 것처럼

마치 요정 왕처럼 태풍처럼 수부장처럼
말했다

오래 꿈꾸고 싶다고 하면
좋다구나 혼수상태로 만들어!
밤 지새워야 하면 바람을 불러일으켜!
초가삼간 다 태워!
이도 잡고 외양간의 소도 다 도망가게 해!

요정들아
요정이 돼봐
늘어지게 잠들어봐
묘약을 만들어서
늘어지게 잠들어봐

나는 문득 깨어나
들판의 소들이 한가롭게 풀 뜯고
냇가의 물 마시는 것을 보며

깨어난 것 맞나
요정들이 다 어디 갔지 울면서 뛰어다니다가
어떤 요정도 찾을 수 없어

요정들아 돌아와 돌아와 저녁 식사 자리에서 기
도하다가
알아차리는 것이다

요정의 부드러운 가죽을 벗겨 아
어린 요정이라 연하지
요정의 땀도
입에서 살살 녹네
자랑하는
짓을

PIN

057

아름다운 것 중
가장 아름다운 것

임유영

발문

아름다운 것 중 가장 아름다운 것*

임유영

「나까시리 놀림」은 제주칠머리당영등굿 중 영등 송별제의 일부다.

신전님(신령님)의 일입니다. 신전님을 오시라고 청하여, 금공사(귀한 굿, 제사) 차례로 금베리잔(금벼리잔, 제기) 좌를 넘겨 있습니다이. 자손들 마련한 역가役價(제물)를 요왕황제국에서 여기 나까시리(신에게 올리는

---

* 본 시집 중 「까마귀 고기」 부분.

시루떡)를 보이고, 낮에는 나까법 밤에는 중서(시루떡
을 저녁에 올림)법 있습니다. 열말 쌀 대독(大缸)판 세
미 금시루('나까시리'의 다른 이름), 몸체 좋은 정남丁男
청 소남小男청들 불러다가 큰 구멍 뚫려 삼천시왕 군병
사귀어 들이며, 안으로 바깥으로, 바깥에서 안으로 동골
동골 위 올리고 내어 놀리자. 〈연물(악기)소리〉*

이 공연은 준엄한 예법대로 진행되는 본굿이 끝
난 후, 그 본굿의 뒤풀이 춤판까지 끝난 후, 아직 남
은 신과 지친 인간을 위해 시작되는 '추물공연'의
일부다. 사설의 분량이 비교적 짧은 데서 느껴지듯
입보다는 몸으로 노는 판이다. '나까시리 놀림'은
시루떡(시리)을 말 그대로 '나까(落下)'시킨다는
의미이기도 하고, 시루떡을 들거나 돌리며 추는 춤
을 뜻하기도 한다. 여러 명의 소무가 등장해 시루떡
을 "안으로 바깥으로, 바깥에서 안으로 동골동골 위

* 국립문화재연구소(문무병·이명진 글, 백지순 사진), 『제주칠머리당
영등굿』, 민속원, 2008. 인용문의 괄호 속은 책의 주석을 참고하여 해
석을 단 것이다.

156

올리고 내어 놀리"는 춤이 핵심인데, 말 그대로 공중으로 띄워 올리거나 서로 던지듯 주고받고, 원을 그리며 떡을 '놀린다'. 악기 소리는 빠르고 점점 높아진다. 마지막에는 떡을 등 뒤로 던지면서 끝난다.

> 귀신은 왜 나타나는가
>
> 언제부터 볼 수 있는가
>
> ─「무엇 무엇」 부분

'나까시리'라는 단어와 그 발음. '놀림'이라는 사동형의 유희. 상상 속 사람들의 몸짓. 말랑말랑한 떡의 질감. 공중으로 솟고 나는 떡의 모습. 훌훌 날고 놀다 마지막으로 던져진 떡의 맥없는 소리. 신명 나게 춤을 추는 다 큰 어른들의 천진성. 또 그 떡을 신나게 갖고 놀다 던져버리는 사람의 마음과 그걸 줍고 나눠 먹는 생각까지 이르렀을 때, 나는 김복희의 시를 떠올리지 않을 수 없다. 게다가 얄궂게도 바로 다음 대목인 「지장본풀이」는 기구한 운명의 '지장아기씨'가 고단하게 살다가 새(!)로 환생한다

는 내용이다. 김복희 시와 떼놓기 어려운 '새'의 등
장이 놀랍긴 하지만, 나는 떡의 춤에 마음이 더 이
끌리며 떡춤이 더 김복희의 시적 상황과 유사하다
는 인상을 받는다.

　　도깨비는 노래 좋아하고 빛나는 것 좋아하고 수수팥
　떡을 좋아해 도깨비는 힘이 장사고 긴 밤이든 짧은 밤이
　든 노는 것이 좋아 씨름 잘하는 둥근 어깨를 가졌을 것
　만 같아요 말라깽이 도깨비는 없을 것 같아요라고
　　타령 시작하자마자 삐삐 마른 축 처진 어깨에 가방
　자꾸 흘러내리는
　　도깨비 지나갑니다

　　　　　　　　　　　　　　　　　　　　─「밤비에 자란 사람」 부분

　「나까시리 놀림」을 텍스트로만 놓고 보면 의미는
크게 없다. 얼핏 길어 보이지만 실상 '자, 지금 떡춤
합니다' 정도로 요약된다. 일종의 신호탄이나 추임
새와 비슷한 역할을 하는 말이다. 굿의 진행상 중요
한 일은 모두 끝났다. 이제부터는 신들도 사람도 편

히 앉아 먹으며 쉬며 떡을 쥐고 노는 사람들을 구경할 것이다. 그렇지만 상연자들에겐 이 공연도 어디까지나 제의의 일부다. 그들은 비록 떡을 갖고 재롱을 떨지언정 이 또한 좌정한 신들을 대접하는 중요한 과정임을 전달하고 싶어 한다. 그 뉘앙스를 강조하다 보니 '요왕황제국' '삼천시왕 군병'처럼 지리멸렬한 인용이 등장한다. 단어의 실제 맥락이나 의미보다 그 위엄을 주요하게 빌려 말의 몸집을 끝없이 부풀리는 굿의 언어다. 간절한 마음이 깃들어 말이 그렇게 커졌다. 김복희가 옛 민담, 민요, 속담을 끌어다 사용할 때는 굿의 언어와는 반대되는 태도로 쓴다. 커진 말을 뒤집어 까서 이것들 속에 축적된 인간의 마음을 보여주는 것이다. 이 헛것들은 입에서 입으로 전해지면서 무슨 마음을 그리 집어 먹어 이리도 커다래졌는가. 그리고 여전히 남아 있는가. 혹은 몸만 커진 채 외톨게 남았는가.

　　잘못했으면 잘못했다고 말해
　　여덟 살의 나는 잘못하지 않았으므로 잘못했다고 말

하지 않는다

도깨비는 동물일까요 귀신일까요
여덟 살의 나는 거기에 누군가 이름을 적었다

그 이름 이제 내 것 아니지만
어두워지도록 복도에 무릎을 꿇고 앉아
도깨비를 훔쳐보았다

이름 붙은 것이
나보다 늦게 집에 갔을 것이다

　　　　　　—「도깨비는 쳐다볼수록 커 보인다」 전문

　김복희의 시를 무가나 사설에 빗대기는 어렵고
또 부당하기도 하지만, '나까시리 놀림'이라는 독특
한 마당의 안팎에 섞인 사람 혹은 사람 아닌 존재의
목소리라고 한다면야 조금은 납득할 수 있다. 사람
과 사람 아닌 것, 자연과 자연 아닌 것, 텍스트와 텍
스트 아닌 것, 현실과 현실 아닌 것들이 적극적으로

혼합되어 벌어진 불균질한 하나의 굿판 같은 장소에 휘말린 무언가라고 이해해볼 수는 있을 것 같다. 그 무언가, 혹은 누군가, 긴 막대 같은 걸 휘둘러서 미지근한 우유의 유막 같은 표면을 슬쩍 훔쳐 가는 존재라면. 춤추는 떡이 흘린 떡고물을 집어 먹는 이라면. 그런데 아무도 모르는 이라면. '삼천시왕 군병' 중 귀신 병사 하나가 발 밟혀서 내는 신음을 듣는 이라면. 신령이고 귀신이고 사람이고 어리둥절해지도록 들고 나는, 그러나 "더부룩"한 "이물감"*을 남기는 "가변 크기"(『보조 영혼』)의 마음이라면. 떡을 따라 덩실거리는 마음의 몸이라면. 나는 김복희의 시집을 열 때마다 사람의 마음을 가진 언어의 몸들이 제 나름의 리듬으로 움직이는 구경을 실컷 할 수 있으리라는 기대를 품는다.

    밤낮 울면서 집 수변을 울 밖을 맴돌다
    고양이 멧돼지 고라니처럼 맴돌다

* 홍성희, 해설 「새 파일」, 『보조 영혼』, 문학과지성사, 2025.

풀려난 송아지처럼 맴돌다

물 쏟아 그 물 따라

맴돌다

잠들어 깨어났다

모르는 여자와 남자가 우리 딸 왜 벌써 일어났느냐고

목마르냐고 차가운 물 한 사발을 내밀었다

　　　　　　　　　—「목마른 송아지 우물 들여다보듯」 부분

　김복희의 2018년 첫 시집 『내가 사랑하는 나의
새 인간』에 실린 「시인의 말」은 "나는 왜 먹고 싶은
게 많을까/왜 영원히 먹고 싶을까/복숭아 초콜릿
위스키"이다. 2020년에 낸 『희망은 사랑을 한다』
에는 "나는 아주 투명하게 들여다보이고 싶다"라고
적었다. 2022년 『스미기에 좋지』에서는 "인간 뒤
에 숨지 말 것"이라고, 2025년 『보조 영혼』에선 "더
잘 들키기 위해서"라고 했다. 첫 시집과 두 번째 시
집의 것은 반 인간 반 비인간의 말들이다. 먹고 싶
은 게 많은데(인간) 영원히(비인간). 들여다보이고
싶은데(인간) 투명하게(비인간). 세 번째 시집에선

약간 모호하다. 분열의 경계가 흐려진다. 인간 뒤에 숨을 수 있는 건 인간일까, 비인간일까? 아무래도 시집 제목을 고려하면 스미기에 좋은 주체는 인간보다 비인간이리라. 네 번째에선 좀 더 비인간 쪽으로 기울었다. 잘 들키고 싶다는 게 보다 허술하게 숨겠다는 뜻이라면, 그의 시에 출몰하는 "비스듬한"(『보조 영혼』) 비인간/마음들과 얼른 연결이 되기 때문에 그렇다. 나는 김복희의 시가 점점 더 가볍게 움직일 수 있다는 의미에서 무게를 덜어내고 있다고 본다. 더 드러낼수록 가벼워진다. 더 대담해진다. 더 큰 용기가 필요하다.

너에게 무엇을 줄까
떡 하나 줄까

네가 무엇을 먹을 수 있을까
갓 구운 돌떡 같은 것 말고

네모난 것

동그란 것

긴 것

짧은 것

흐물흐물한 것

단단한 것

줄까

가르면 쏟아지는

창자부터 뼈 살 가죽

—「잡아먹히기」 부분

　다섯 번째 시집 『생 마음』에는 "껍질과 과육을 분리할 수 없"고, "내부와 외부를 구별하지 않는" 마음이 있다. 그간 다양한 존재들이 마음을 실어 나르는 탈것이 되어주었다면, 이번에는 깃들 무엇 없이 "생" 것이 있다고 한다. 시인은 "아무것도 감추지 않는" 그 마음을 새와 나누되 남은 마음을 먹을지 말지는 새의 자유로 남겨둔다(「나는 새에게 여기 앉아라 저기 앉아라 할 수 없음」). 있는 그대로의 마음은, 즉 "생 마음"은 달콤하지만은 않다. 김복희의 세계가 언제나 좀 씁쓸한 맛의 영역이기는 했지만 이번엔 더더욱 쓰고 독하다고 썼다. 안과 겉의 구분이 없는 날것인 마음을 보여주기. 어떻게 써야 가능할까?

아 이 마음

백지에 놓기 위해
백지부터 만들기로 한다
처음부터 내 손으로 할 일
내 땀 내 피로 할 일

필요한 것
티끌 없는 오전
진솔 속옷 진솔 양말
온갖 말 가르쳐준 이들
생각처럼 들어와
피도 땀도 함께 흘려주는 것

내 피 내 땀

에

스미는 것

백지에

생 마음은 독한 것이군

소금에도 곰팡이 난다는데

소금보다 더 독한 것이군

생사람 잡듯 마음을 잡는다

물을 기른다는 시인처럼

어쩌면

나도

마음처럼

물 한 방울

백지 위에 둘 수 있으리라

도르르 구르라고

계속

백지의 귀퉁이를 움직일 수 있으리라

손가락으로

백지를 가리키며

말을 배우는 사람들에게

마음을 넌지시 보여줄 수도 있으리라

생 마음은 독하지만 정한 것이라고

피땀 죽을 쒀서 체에 밭치고 평평히 펴고 말리고

틈틈이

살핀다

상하지 않은 채

있다

숨 쉰다

보기엔 순해 보인다

　　　　　　　　　　　　　　　　　—「생 마음」 전문

시인은 시 속에서 내내 그 마음을 얹을 생각을 하며 종이를 만들고 있다. 처음에 나는 이 시가 백지를 만드는 장면만 보여주면서 '독하고 정한 생 마음'이 종이 위에 얹힌 장면을 유예한다고 읽었다. 그런데 찬찬히 다시 읽어보니 '생 마음'이란 "내 땀" "내 피" "티끌 없는 오전"과 같이 백지의 재료다. 생 마음은 보통의 마음과도 구별되는 마음이다. 생 마음은 다른 마음, 기억, 생각을 끌어당기는 자성도 지니고 있는 듯하다. 하여튼 지독하고 다루기 어려운 이 생 마음을 시인은 지극한 노력(땀)과 생명(피)에 섞어 기어코 종이 죽으로 만든다. 체에 곱게 밭치고 평평히 펴서 모양을 잡아 말리고 틈틈이 상하지 않는지 살핀다. 다행히 생 마음의 독성은 약해지지 않은 모양이다. 상하지 않고 오히려 숨을 쉬고 있다고 한다. 다만 시인의 손을 통해 모습이 순하고 희게 되었다. 그는 이 백지가 완성되고 나면 물한 방울을 백지 위에 떨어트려 굴려볼 것이라고 상상한다. 그러면 사람들은 도르르 구르는 물 한 방울이 마음이라 생각하며 그것을 구경하겠지만, 그 구경을 시켜주는 시인이 "넌지시" 보여주는 건 백지의 모습이 된 생 마음일 것이다. 어쨌거나 사람들은 마음을 보았다. "빗나가며 명중하는"(『보조 영혼』) 김복희의 시작론일까. 다양한 형태와 목소리의 존재들이 출몰하지만 항상 단정한 인상과 안정적인 균형감이 느껴지는 건 그 단단한 백지의 중력 덕분이었을까. 현실과의 고리를 잃지 않는 날카로움은 혹시 생 마음의 독성 때문일까.

> 나를 비춰 보려면 숨 닿을 만큼 다가서야 하나
> 머리칼 흔들리고
> 마음은 흔들리지 않고 눈빛은 칼끝처럼 빛난다
> 빛난다
>
> —「대사는 없지만」 부분

 이번 시집에도 '낯선 주체들'*이 등장하는데 그간의 시집들에 비해 소박한 편 수(35편)를 고려하면

* 김영임, 해설 「낯선 주체들의 탈주」, 『희망은 사랑을 한다』, 문학동네, 2020.

기담 특집 편이라 봐도 무방할 정도다. 김복희 시 세계 속 기이한 존재들을 사랑하는 독자에겐 반가운 선물이 되겠다. 시집 1부의 첫 시가 도깨비로 열리고 3부까지 설화적·종교적 모티브들이 등장한 다음, 4부는 여전히 서늘하고 사랑스러운 요정들의 이야기로 끝난다. 2부에 실은 산문은 장시 같기도 하고 옛이야기의 구술 채록 같기도 하다. 이 마음 모양의 물방울들. 혹은 마음의 방울들. 몸을 벗고 싶은 사람의 땀방울들. 시집 표제작을 「생 마음」으로 둔 이유를 추측해보며 시집을 다시 본다.

'네 마음 다 안다'는 말이 얼마나 어려운가. 이 간단한 문장 하나를 현실로 만들기 위해 사람들이 많은 돈과 지극한 정성을 들여 열 시간 넘게 굿을 하고 절을 한다. 그제야 이해는 잠시나마 섬광처럼 눈앞에 현현한다. 그때 내 눈앞에 보이는 광경. 떠오르고 떨어지는 떡의 춤과 어지러이 움직이는 옷자락. 시인이 솜씨 좋게 요정들을 내보낸다. 범 아이를 놀게 한다. 소금에 절인 부처님 목을 놀게 한다. 청산이 돌 맞고 유수에 시신이 떠내려오게 한다.

나는 이해해본다. 더 깊이 이해하기 위해 시를 읽고
쓴다. 아, 이 마음.

당신에게 곳간 있소 어서 여시오

따라오고 싶다면

오늘은 업어주겠소

—「장타령」 부분

생 마음

지은이 김복희
펴낸이 김영정

초판 1쇄 펴낸날 2026년 3월 5일

펴낸곳 (주)현대문학
등록번호 제1-452호
주소 06532 서울시 서초구 신반포로 321 (잠원동, 미래엔)
전화 02-2017-0280
팩스 02-516-5433
홈페이지 www.hdmh.co.kr

ISBN 979-11-6790-350-1 (04810)
ISBN 979-11-6790-344-0 (세트)

* 책값은 뒤표지에 있습니다.

현대문학 핀 시리즈 시인선